Esther Kiara de Angelo

Mein Natursekt und ich 3
Meine Natursektfantasien
Kurze gelbe Sexgeschichten

Alle Personen und Geschehnisse dieses Romans
sind frei erfunden. Ähnlichkeit mit lebenden
Personen und tatsächlichen Geschehnissen wären rein zufällig.

1. Auflage
Copyright © 2014 by Esther K. De Angelo, Völklingen

Herstellung und Verlag:
BoD - Books on Demand, Norderstedt

ISBN: 978-3-7357-9342-3

Inhalt:

0.	Einleitung	5
I.	Natursektspiel im Wald	7
II.	Natursektspiel im Park	17
III.	Natursektspiel mit einem Ehepaar	29
IV.	Natursektspiel mit dem Hausmeister	41
V.	Natursektspiel mit meinen Nachbarn	51
VI.	Buchempfehlungen	63

0. Einleitung:

Hallo. Bei den folgenden Geschichten handelt es sich um Fantasien. Das bedeutet, dass diese auch mal unrealistisch, übertrieben oder vereinzelt auch mal so wie beschrieben nicht oder schlecht praktizierbar sein können. So kann man z. B. auch mal einen Penis einfach so in ein Poloch stecken, ohne Gleitcreme oder ohne eine Spülung. So kann man auch mal an einem öffentlichen Ort unentdeckt bleiben u.s.w. ...

Und nun:

Viel Spaß!

Eure

Esther Kiara de Angelo

I. Natursektspiel im Wald

Die folgende Geschichte hat sich kurz nach meinem 18. Geburtstag ereignet:

Meine Eltern schenkten mir zur Volljährigkeit eine einwöchige Busreise in den Schwarzwald.

Als der Tag der Abreise gekommen war, stieg in Kaiserslautern ein nettes, etwas älteres Mädchen dem Bus zu. Sie war 23 Jahre alt und hieß Kai, kurz Tina.

Was ich zu diesem Zeitpunkt noch nicht wusste, war, dass Tina und ich dieselben sexuellen Neigungen was die Spielart Natursekt angeht, besitzen.

Aber wir sollten es bereits am ersten Abend herausfinden.

Auf der Fahrt, dem Wald entgegen, saßen wir nebeneinander. So konnten wir uns schon mal kennenlernen und ein paar Worte miteinander plaudern. Wir hatten nicht nur dieselben Hobbys, Darts und Busreisen innerhalb Deutschlands, um neue Menschen kennenzulernen, sondern zum neuen Jahr auch den selben Arbeitgeber. Allerdings war es so, dass ich wegen meines Studiums nur eine Praktikantinnenstelle hatte und Tina Vollzeit angestellt war, sodass es durchaus passieren konnte, dass wir uns künftig öfter mal über den Weg laufen würden. Aufgrund dieser Tatsache konnten wir uns auf der

Reise und der Zeit, bis zum ersten Abendessen, in unserer kleinen Herberge, mit Reden vertreiben.

Abends haben wir dann ordentlich was getrunken, ich bin ein großer Liebhaber von Wodka-Lemon und Tina genoss den Verzehr einiger Wodka mit Brause.

So kam es natürlich, dass wir Mädels auch mal auf Toilette mussten.

Tina setzte sich zuerst und ich blieb in der Kabine stehen, da es hier nur drei Damentoiletten gab, aber heute Abend gut und gerne 100 Gäste einkehrten, von denen gefühlt 80 von weiblicher Natur waren, sodass man froh sein konnte, überhaupt zeitnah aufs stille Örtchen zu kommen, bevor man in die Hecken vor dem Gebäude gehen musste.

Aber damit ihr euch erst mal ein Bild von uns beiden hübschen Mädels machen könnt, erhaltet ihr eine Beschreibung von uns:

Ich bin 1,74 m groß, wiege 56 Kilogramm, habe blonde Haare, die bis zur Gürtellinie reichen, leuchtend blaue Augen, schmale, helle Augenbrauen, meine BH-Größe ist 75c, ich trage rote, künstliche Fingernägel, bin im Schritt immer rasiert, habe relativ lange, dünne Beine und Schuhgröße 38.

Tina ist etwas größer als ich, wiegt ungefähr 63 Kilo, hat einen schönen, großen Po, eine normale Figur und schwarze, halblange Haare, braune Augen und Körbchengröße 75b.

Sie saß also gerade auf der Toilette und begann ihr kleines Geschäft zu verrichten. Als die ersten Tropfen in die Schüssel liefen, wurde ich sofort feucht. Diese unbekannte und trotzdem so sympathische, junge Frau saß vor mir, trug nur, und das meine ich wörtlich, ein beiges Kleidchen, unter dem sowohl ihre Brüste als auch ihr rasiertes Paradies zu erkennen waren, und pullerte fröhlich fünf oder sechs Gläser Wodka-Brause aus sich heraus.

Am Liebsten hätte ich mir sofort zwischen meine Beine gegriffen und mit meinem Kitzler gespielt. Aber dafür war ich noch zu schüchtern.

Dennoch kam ich nicht umhin zu bemerken, dass Tina wohl mitbekam, dass es mich erregte, sie so zu sehen. Das erkannte ich an ihrem leicht verschmitzten Lächeln, als sie sich von der Schüssel erhob und mir den Platz freimachte, nachdem sie die Spülung betätigt hatte.

Ich setzte mich, streifte mir das Höschen unter meinem ebenfalls hellen Kleidchen herunter und entleerte mich. Dabei beobachtete ich Kai, die mich weiterhin verschmitzt anlächelte und mit glasigem Blick erklärte, dass wir diese Chance nun verpasst hätten, was sie sehr, sehr schade fände. Ich wollte wissen, was sie meinte und sie entgegnete mir, dass sie wohl nicht die Einzige in dieser Kabine wäre, die gerne mit natürlichem Sekt spielen würde. Sofort wurde ich knallrot, was mir ein Leugnen völlig unmöglich machte. So gab ich es zu und schaute ihr in die Augen. Tina meinte, dass wir es doch einfach tun sollten! Wir wären schließlich im Urlaub. Wir sollten uns ein

ruhiges Plätzchen suchen und uns dann hemmungslos gehen lassen.
Ich war erstaunt über ihr Selbstbewusstsein. Wie in Trance folgte ich ihr aus der Kabine, stand neben ihr, als sie uns noch eine Flasche Wodka bestellte und sie mir dann erklärte, dass wir nun einen kleinen Waldspaziergang machen würden.
Dann ging`s auch schon los. Händchen haltend, küssend und uns unter die Röckchen greifend, schlenderten wir oder besser gesagt, wankten wir, durch die laue Sommernacht im Wald. Als wir an einer kleinen Lichtung neben einem Zeltplatz, einen scheinbar geeigneten, etwas abgelegenen, aber nicht zu abgelegenen, Platz entdeckten, ließen wir uns dort nieder. Es war eine kleine Mulde zwischen einer langen Hecke und dem Waldrand, die den Zeltplatz von den Bäumen abzuschirmen schien.

Da unsere Blasen noch auf dem Trockenen lagen, beschränkten wir uns die erste Stunde unseres Hiersein mit dem Trinken des Alkohols, der aufgrund der Tatsache, dass wir bisher noch nichts gegessen hatten, eine besonders starke Wirkung erzielte. Alsbald verlangten unsere angeheiterten Seelen nach etwas mehr Wärme und Nähe, sodass wir anfingen, wild miteinander zu knutschen, während wir uns beide entkleideten.
Da lagen wir nun in unserer Mulde. Nackt, betrunken und zu allem bereit, was zwei Mädchen ohne Hilfsmittel allein im Wald miteinander treiben konnten.

Wir begannen damit, dass wir uns aufeinander legten und uns gegenseitig die Kitzler mit einem Finger rieben. Dann wollte Tina einen Stellungswechsel. Ich drehte mich um, streckte ihr mein feuchtes Paradies entgegen, spreizte ihre Beine und begann sie an ihrer empfindlichen Stelle zu lecken. Ich schob ihre Schamlippchen etwas beiseite und meine Zunge versank in meiner neuen Freundin.
Sie hingegen lies erst einen, dann zwei schließlich drei Finger in meiner feuchten Höhle versinken.
Währenddessen hörten wir nun im Hintergrund Leute, die scheinbar eine kleine Feier ums Lagerfeuer begannen. Sie lachten, unterhielten sich und kamen auch mal ganz nah an uns heran, da sie den hinteren Teil des Busches zur Toilette umfunktionierten.

Aber zurück zu uns. Tina war eine gute Liebhaberin. Sie wusste genau, wann sie schneller, wann sie langsamer und wann sie mal ne kurze Pause machen musste, damit es mir nicht schon nach drei, vier Minuten kommt.

Auch ich ließ nach einer Weile meine Finger in meine Bekannte hineinwandern. Erst nahm ich nur zwei und dann drei und nachdem sie immer wilder zu keuchen begann, stieg ich von hier herab, sah sie grinsend an und ließ meine ganze Faust in ihr feuchtes Paradies eindringen. Sofort begann sie laut zu stöhnen und mich anzutreiben, immer weiter zu machen. Immer tiefer sollte ich in sie vordringen und meine Faust links und rechts herum drehen. Sie konnte ihren Unterleib kaum noch im Zaum halten, so ging sie ab. Sie griff sich an eine Brust und spielte mit ihr. Fest kniff sie sich in ihren Nippel und ließ ihrer Lust freien Lauf. Dann, nach kurzer Zeit, kam es ihr schon. Sie wurde immer lauter und keuchte und stöhnte, was ihre Stimmbänder hergaben. Völlig in unser Spiel versunken, vergaßen wir die Zelter. Jedoch – kurz, nachdem Tina ihren Höhepunkt erlebt hatte, hörten wir es über uns rascheln. Erschrocken sahen wir nach oben durch die Hecke. Dort war ein Mann, der pinkelte. Er schien uns aber nicht zu bemerken. Dann ging der Kerl wieder zurück zu seiner Gruppe und wir waren wieder alleine.

Erleichtert lachten wir uns gegenseitig an. Meine Hand sollte nun wieder langsam in meine Freundin eindringen, dies verhinderte sie aber, indem sie mich heftig zu küssen begann. Dabei fasste sie mir an den Po. Erst zärtlich streichelnd, dann griff sie fest zu und gab mir einige Klapse und kratzte mit ihren langen und echten Fingernägeln über mein Gesäß, was mir nicht im geringsten die Lust nahm. Im Gegenteil.

„Du bist aber ganz schön laut gewesen. Gut, dass der uns nicht gehört hat."

„Warum?", fragte Tina erstaunt wirkend, „Was hast du denn gegen einen guten Schwanz? Bist du eine Lesbe, oder was?"

„Ich hatte bisher nur mit Frauen Sex! Und nun ja, ich bin mir auch nicht so ganz sicher, ob ich je etwas mit Männern anfangen möchte."

Keine Reaktion.

Bist du immer so laut?", fragte ich, um den Moment endlich vergehen zu lassen.

„Jaaaaaa, bin ich immer! Was raus muss, muss raus, meine Liebe!", äußerte sie wild kichernd und leicht lallend.

„So, so. Na, da muss ich doch mal sehen, ob ich deinen lauten Mund nicht mit etwas gefüllt bekomme, damit er ruhiger wird, mein Fräulein!", erklärte ich und sah ihr dabei tief in die Augen und sie verstand sofort, worauf ich hinaus wollte.

So ließ ich meinen Unterleib hinauf zu ihrem Gesicht gleiten und ließ mich erst noch ein wenig lecken, bevor ich mich dann zu ihren Füßen hin umdrehte und meine unteren Lippen für sie öffnete. Meine Liebhaberin regte sich in freudiger Erwartung eines langen, harten und wohlschmeckenden Sektstrahls. Ich drückte leicht, damit es einfacher kommen konnte und schon entkamen die ersten kleinen Tröpfchen meines Inneren. Ich drehte meinen Kopf zu Tina um, um erkennen zu können, ob sie es tatsächlich mit dem Mund aufnehmen möchte, und ob ich diesen denn auch treffen würde. Beides war der Fall. Also ließ ich einen harten Strahl mitten in ihren Schmollmund laufen und sie nahm ihn freudig auf. Den ganzen Mund füllte ich ihr. Als er bereits am Überlaufen war, ließ sie meinen feinen Sekt an ihren Mundwinkeln auf ihre schönen Brüste gleiten, von wo aus sich die gelbe Flüssigkeit ihren Weg zwischen ihre Schenkel und auf den Boden suchte.

Nach einer Weile begann sie damit, den Sekt aus ihrem Mund heraus, gegen meine Quelle, zu spucken, sodass er mir nun auch an den Schenkeln herunterlief und mich einsaute.

Als mein Strahl wieder weicher zu werden begann, kam sie mit ihrem Gesicht nah an meinen Unterleib heran und brachte neben ihrem Mund, auch ihre Zunge ins Spiel und reizte meine Lippen, während ich sie weiter einnässte.

So verging ein kurzer Moment, bevor ich mich wieder zu ihr herunterbeugte, wir unsere oberen Milchdrüsen aufeinander pressten und uns begannen Zungenküsse zu geben. Nachdem wir etwa drei, vier Minuten miteinander züngelten, begann ich damit, meine Finger in ihre feuchte Höhle wandern zu lassen. Sofort wurde sie wieder laut. Sofort war sie wieder richtig nass und stöhnte auf. Sie winkelte ihre Beine an, genoss das Spiel meiner Hand an ihrer sensiblen Stelle und während ich sie noch eine Weile verwöhnte, griff sie nach meiner Rumflasche und goss sich etwas davon über ihre Brust. Als ich das sah, begann ich ihr den feinen Alkohol vom Körper zu schlecken. Natürlich vermischte sich der Rum mit dem Sekt, diese ergänzten sich aber gegenseitig ganz wunderbar. Nun war auch ich scharf wie Nachbars Lumpi und forderte sie auf, es mir nun so richtig zu besorgen.

Sie fing an mich auf den Rücken zu drehen und mich mit ihrer Zunge an den Schamlippen zu reizen. Dabei benutzte sie aber nicht nur ihr Schleckinstrument, sondern auch ihre Finger. Ich wünschte mir dann, dass sie mir ihre kleinen Greiferchen ganz tief mein feuchtes

Paradies schieben und es mir ordentlich besorgen sollte, und sie tat es. Dann ballte sie eine Faust. Der Gedanke, dass sie mich jetzt komplett ausfüllen würde, ließ mich fast schon auf der Stelle meinen Höhepunkt erleben, aber ich wollte noch warten. Erst sollte ich etwas verwöhnt werden und auch von ihrem Sekt kosten, bevor ich in den siebten Himmel einkehren wollte.

So bat ich sie mir nun ein Geschenk zu machen und mich weiter mit den Fingern zu verwöhnen.

Ähnlich wie ich eben, kam sie meinem Wunsch nach, und pinkelte mir an meinem Hals herunter. Ich genoss ihren Natursekt, der herrlich warm war und spuckte ihn teilweise gegen ihren großen Po.

Je mehr ich von ihrem warmen Sekt auf meiner Haut spürte, um so mehr näherte ich mich meinem Höhepunkt. Ich stöhnte, ich keuchte, ich bewegte meinen Unterleib und genoss jede Sekunde dieses geilen Spiels, um einem wahrhaft gigantischen Orgasmus entgegen zu kommen.

Soweit war ich aber noch nicht.

Erst als sie mir ihren Po ganz ins Gesicht drückte und ich direkt von der Quelle naschen durfte, war ich im Paradies angekommen. Immer wieder presste sie noch mal einen Schwall aus sich heraus, den ich gierig schluckte.

Dann übermannte mich meine Lust endgültig. Ich begann zu zappeln, zu schreien und packte sie von hinten an ihren Brüsten, während sie mich nun ihrerseits mit vier Fingern verwöhnte und dabei immer mal wieder versuchte meinen Kitzler mit der Zunge reizen.

Ich spürte es. Es kam mir. Es kam mir, wie schon lange nicht mehr. Es kündigte sich schon wie ein Gewitter an und dann durchfuhren meinen Körper regelrechte Stürme von Blitzen. Wie eine gewaltige Welle überkamen mich drei oder vier Orgasmen gleichzeitig und um nicht den gesamten Zeltplatz herzubrüllen, vergrub ich mein Gesicht unter ihren Pobacken, wo es immer noch ganz herrlich nach ihrem Sekt duftete.

Dann hatte ich es „überstanden". Völlig aus der Puste und mit leichten Schmerzen im Unterleib, die sehr angenehm waren, ließ ich von ihr ab.

Tina verweilte noch einen Moment in ihrer Position, drehte sich zu mir um, und wir legten uns Brust auf Brust aufeinander, begannen uns zu küssen und mussten beide laut lachen.

Etwas später machten wir uns dann auf den Weg zurück ins Hotel.

II. Natursektspiel im Park

Eine weitere Fantasie von mir ist, dass ich gerne mal öffentliche Natursektspiele mit fremden, älteren Männern praktizieren möchte:

Ich bin hierbei um die 20 Jahre alt und wir befinden uns auf einer größeren Liegewiese in unserem Stadtpark. Ich erblicke zwei Herren, etwa 40 Jahre alt, Wein und Bier trinkend und zirka 30 Meter von mir entfernt, auf einer großen Decke sitzend.

Sie scheinen alte Kumpels zu sein, denn als sie sich treffen umarmen sie sich, betrachteten einander und lachen und erklärten sich gegenseitig viel. Dies kann ich erkennen, da ich unmittelbar nach den Herren an meinem Stammplatz, neben der kleinen Hecke, ankomme. Sofort nehme ich die beiden Männer ins Visier und grinse sie schelmig an, als ich an ihnen vorbei schlendere.

Die beiden 40-jährigen stammen nicht von hier, sodass sie gerne bereit sind, in der fremden Stadt „öffentlich Dummheiten" zu begehen.

Sie haben ebenfalls Gefallen an mir gefunden und lächeln mich des öfteren mal an und winken mir zu. Ich trage nur meinen weißen Bikini und warte. Hin und wieder lächele ich zurück zu ihnen, aber vorerst passiert noch nichts.

Nachdem sie sich endlich genug Mut angetrunken haben, kommen sie zu mir.

„Hallo, junge Lady. Na, wie sieht`s aus!?

„Also von hier sieht das alles ganz gut aus! Ich habe euch beobachtet. Hab gesehen, dass ihr einiges getrunken habt. Was habt ihr jetzt vor?"

„Das wissen wir noch nicht so genau. Ich bin übrigens Alex. Und der Typ hier, dass iss mein Ex-Studienkumpel Tommy.", erklärt er und gibt mir die Hand.

Sie setzen sich zu mir.

„Du hast uns also beobachtet!?", fragt Alex weiter.

„Ja, hab ich. Und?"

„Nichts, das ist ja in Ordnung. Besser so, als andersrum."

„Genau."

Alex mustert mich und grinst.

„Was ist?", frage ich lächelnd.

„Ich dachte mir, wenn du mal schaust, darf ich das auch. Und ich muss schon sagen - - geil!"

„Ja, ich weiß."

Ich nähere mich ihm und flüstere ihm ins Ohr:

„Ich will mit euch beiden Kerlen Sex haben! Jetzt! Hier! Sofort!"

Alex sieht zu seinem Freund und ist wie erstarrt. Der lacht.

„Was!? Hier – vor allen Leuten!?", fragt Alex verwirrt.

„Ich bin eine geile, versaute Drecksau! Entweder hier oder gar nicht!", gebe ich mich dominant.

Ich ziehe meine Sonnenbrille hoch und präsentiere ihnen meinen geilsten Blick. Dann entledige ich mich meines Oberteils und sie können meine wohlgeformten Tittchen sehen. Sofort stellt sich Tommys Schwanz auf. Er schaut zu Alex. Dessen Penis wächst bereits aus seiner kurzen Sporthose, unter der er keine Unterhose trägt, heraus.

> „Wie ich sehe, seit ihr einverstanden, ihr Männer. Fickt mich! Fickt mich jetzt und hier auf der Stelle! Ich will euch. Ich will euch beide!"

Während sich Tommy bereits meinem Gesicht nähert, um mich zu küssen, breitet Alex erst einmal ihre Decken neben mir aus. Tommys legt er oberhalb von uns und seine rechts daneben.

Er möchte, dass sie mich zwischen sich nehmen können, um nicht allzu viel Aufsehen zu erregen. Im Laufe des Sexes werden wir dann hinter der Hecke verschwinden und so ficken, dass uns niemand richtig sehen kann.

Nachdem er die Stofflaken platziert hat, ist sein Freund schon auf mir drauf. Ich liege unter ihm, trage nur noch mein Bikiniunterteil und habe meine Beine um Tommys Rücken verschränkt und wir küssen uns.

Alex zieht sich derweil aus und positioniert sich oberhalb von uns.

> „Wie heißt du denn, du heißes Luder!?", fragt Alex sichtlich erregt.
>
> „Esther. Ich heiße Esther!", hauche ich ihm entgegen und sehe zu ihm auf.
>
> „Hallo, Esther.", sagt er und zieht sich untenherum aus und beginnt seinen Schwanz zu wichsen.

Sofort drehe ich mich um, gehe in die Hündchenstellung und nehme seinen Amigo in den Mund. Es gefällt ihm sehr. Jedenfalls lassen seine Laute keinen anderen Schluss zu.

Auch Tommy verliert keine Zeit. Er schaut sich um, und drückt mich etwas weiter nach vorne, sodass zumindest ich nun hinter der Hecke verschwinde. Er zieht mir das Bikiniunterteil aus und massiert mir mein Loch mit einem Finger. Sofort muss auch ich leicht aufstöhnen und sauge etwas fester an Alexanders Rohr. Mit einem Arm stütze ich mich ab und mit dem anderen kraule ich ihm die Eier.

Mein Anblick erregt den älteren Herrn so sehr, dass er hierbei seine Augen nicht schließt, sondern auf mich starrt. Er blickt mich die ganze Zeit an. Dann greift er sich meinen Hinterkopf und führt mir seinen Schwanz bis zum Zäpfchen ein.

Auch sein Kumpel hat seinen Spaß.

Er reibt meine junge Fotze und als er erkennt, dass sie nass wird, packt er mich seinerseits bei den Haaren und dreht mich zu sich um. Nun will er geblasen werden, und als Tommy erkennt, dass es mir aus meiner Spalte tropft, führt er mir seine Eichel in meine feuchte Grotte ein - oder ist es doch Alex?

Egal!

Ganz nah kommt er an meinen festen Arsch heran, damit er ganz tief in mein enges Paradies eindringen kann. Als ich nach vorne und kurz zu Tommy sehe, kann ich erkennen, wie sich die beiden alten Böcke angrinsen und jede Sekunde, in der sie mich benutzen dürfen, genießen. Dann ist er das erste Mal richtig in mir drin und vögelt mich.

Während Alex mich bei den Haaren packt und sich oral befriedigen lässt, umschließen Tommys Hände meine Hüften.

Was für ein geiles Gefühl: Öffentlich von zwei fremden Herren, mitten im Park benutzt zu werden. Die beiden Männer werden von Sekunde zu Sekunde hemmungsloser und lauter. Dabei weht der warme Wind um meinen Körper. Herrlich!

So viele Menschen kann ich hören, wenn ich lausche. Aber keiner von denen kann erkennen, was ich bzw. wir hier tolles erleben.

Immer tiefer dringt Tommy in mich ein. Immer schneller bewegt er meinen Unterleib auf seinem Kolben hin und her.

Immer mal wieder lasse ich den Schwanz seines Freundes aus meinem Mund herausgleiten, weil ich lustvoll Stöhnen und kurze Schreie der Verzückung ausstoßen muss.

Während er mich nun eine Zeit lang hart rammelt, als gäbe es kein Morgen mehr, ist auch der Schweif seines Kumpels einsatzbereit.

So ändern wir die Stellung.

Tommy legt sich auf die Decke, lässt mich auf sich reiten und Alex, der den dünneren und kleineren Schwanz hat, platziert sich hinter mir und dringt langsam in meinen Po ein.

Was für eine geile Vorstellung. Gedanklich stelle ich mich neben die Hecke und beobachte, wie die beiden mich im Doppelpack nehmen.

Da ich leider nicht groß genug bin, um an Tommys Kopf heranzukommen, damit wir uns küssen können, stöhne, schreie und japse ich lauthals herum.

Und, obwohl wir uns eigentlich ernsthafte Gedanken darüber machen müssten, nicht allzu viel Aufmerksamkeit zu erregen, lassen wir uns hemmungslos gehen. Denn, ebenso wie ich, scheinen auch die beiden Freunde keine Probleme damit zu haben, mich anzuhecheln, und herauszustöhnen, wie geil sie das alles hier finden. Mehrfach lobt Alex meinen jungen, festen Body und vor allem mein süßer Po hat es ihm angetan.

Und auch ich lasse es mir nicht nehmen, die beiden geilen Kolben zu loben. Ich sage, dass ich noch nie von zwei Kerlen gleichzeitig, so hart genommen wurde. Das geht den beiden runter wie Öl. Ich kann spüren, wie ihre Amigos nochmal härter und etwas größer werden.

Damit es ihnen aber nicht so schnell kommt, wollen sie einen erneuten Stellungswechsel.

Alex lässt sich wieder von meiner Zunge verwöhnen und Tommy kniet sich hinter mich und beglückt meine feuchte Grotte. Er klammert sich um mein Becken und stößt mich hart.

Währenddessen greift Alex mit einer Hand nach meinen Titten und massiert meine Nippelchen.

Als ich dann erneut nach seinen Eiern greife, kann er es nicht länger halten. Es kommt ihm und er spritzt mir seinen heißen Saft mitten ins Gesicht.

Ungezügelt hört man ihn wohl über ganze Wiese hinweg kommen, aber das ist es ihm wohl Wert, seine

Lust in die Welt hinauszuschreien. Jeder soll wissen, wie geil ich ihn gemacht habe, und selten habe ich soviel Saft abbekommen, wie in diesem Augenblick. Es will gar nicht mehr Enden, aus ihm herauszuströhmen. Mein ganzes Gesicht ist bereits eingesaut und recht große Spermafäden laufen an meinem Kinn herunter und tropfen Richtung Erde. Da packe ich mir seinen Schwanz erneut und sauge und lutsche auch noch den letzten Tropfen aus ihm heraus.

Währenddessen stöhne und keuche ich laut, da Alex mich ja immer noch kräftig am Stoßen ist.

Dann ist es auch bei mir soweit, dass ich meinen Höhepunkt erlebe. Mit meiner süßen, hohen Stimme schreie ich mich meinem Orgasmus entgegen. Ich fordere ihn, es schneller und härter zu machen. Er soll mich richtig fest bei den Hüften packen und es mir richtig besorgen. Ich beginne wild mit meinem Körper zu zappeln und nehme Alexanders Schwanz aus meinem Mund heraus, um mich richtig gehen lassen zu können.

Dies lässt auch Tommy zum Höhepunkt kommen.

> „Lass ihn drin. Lass ihn drin!", keuche ich und so kamen wir gleichzeitig zum Orgasmus.

Während ich im siebten Himmel schwebe und dies lauthals verkünde, sehe ich mich um, und kann erkennen, dass wir die ersten Blicke auf uns lenken, da wir unmöglich zu überhören sind. Allerdings sind es nur ein paar grinsende Gesichter, die ich erkennen kann, aber niemand will jetzt wirklich auf uns zu kommen.

Alex bemerkt dies auch und schaut mich lachend an. Ich blicke zu ihm auf und stöhne und japse ihn an. Dann bin ich fertig. Ich sinke erschöpft zu Boden und lasse Tommys Schwanz aus mir heraus gleiten. Dieser wichst sich sein Rohr noch ganz leer und lässt es auf meinen Bauch tropfen, während Alexanders Sperma in meinem Gesicht langsam hart wird.

Als auch Tommy nichts mehr zu geben hat, legen sie mich, erschöpft und nach Luft pumpend, zwischen sich. Tommy liegt hinter mir und spielt noch etwas mit meinem süßen Popo und Alex platziert sich vor mir und streichelt mir durch das verkrustete Gesichtchen.

Nachdem wir wieder anfangen, uns mit Zunge zu küssen, bemerke ich, dass Tommys Rohr wieder hart wird. Er beginnt es zu reiben und es dauert noch keine Minute, da ist es wieder einsatzbereit. Er dreht mich auf den Bauch seines Freundes, hockt sich hinter mich und dringt in meinen Po ein. Er hält meine strammen Bäckchen in seinen Händen und stößt mich anal. Als ich ihn dann noch als MEINEN nimmersatten Hengst bezeichne, ist er wohl in seinem Element. Er dringt bis zum Anschlag in meinen kleinen Arsch ein.

Ich spüre, wie sein Schwanz mit jedem Stoß härter wird und er mich poppen kann, als hätte er bereits seit Wochen keinen Sex mehr gehabt. Alex beobachtet das alles und fängt ebenfalls wieder damit an, seinen Schwanz zu streicheln. Ich keuche und schnaufe erneut, beginne mit Alex zu züngeln, der mir entgegenhaucht, wie sehr er meinen jungen Körper begehrt und wie geil ihn das alles hier macht. Dann merke ich, dass Tommy immer schneller in mir

„arbeitet". Ich spüre einen leichten Schmerz und ein geiles Brennen an meinem Poloch. Als er mir dann sagt, dass er erneut abspritzen möchte, fordere ich, dass er in mir kommen soll, aber da ist es schon zu spät. Er hat seinen Schwanz schon rausgezogen und mir seine zweite Ladung auf den festen Arsch gespritzt.

Da eben so viel kam, kann er mir jetzt nur sehr wenig geben, aber es reicht, um es auf beiden Bäckchen zu verteilen.

Zu dieser Zeit erklärt Alex, dass er mal dringend pinkeln muss. So steige ich von Alex auf, beuge mich zu Tommys Schwanz und sauge ihn aus. Vorher sage ich zu seinem Freund, er soll mir den Arsch sauber pinkeln, was dieser gerne tut.

Während ich also Tommys Kolben im Mund habe, steht Alex auf und pinkelt mir mit einem kräftigen Strahl über meinen Popo und spült so den weißen Lustsaft von mir herunter. Es ist ein geiles Gefühl, jetzt auch noch öffentlich angepinkelt zu werden, und den warmen Sekt auf meiner Haut zu spüren.

Als er damit fertig ist, hält er seinen Sektschlauch etwas weiter nach unten und pullert mir gegen meine verschmierte Fotze, aus der immer noch etwas Sperma rausläuft.

Als ich nun Tommys Schweif leergesaugt habe, verkündet er, dass auch er strullern muss und so verlange ich von ihm, dass er es mir in mein Gesicht geben soll. Ich knie mich vor ihn und er schaut glücklich in mein schönes, verkrustetes Gesichtchen, bevor er es dann mit seinem Natursekt zu fluten

beginnt. Gierig öffne ich meinen Mund, lasse ihn volllaufen und spucke es dann wieder aus. Alex kommt nach vorne zu seinem Kumpel und sie betrachten sich, wie der warme Sekt an mir herunterläuft. Vom Kopf, über die festen Brüste und den Bauch, hinunter zu meiner immer noch mit weißen Fäden versehenen Spalte, auf die Decke, auf der wir eben noch heißen Sex miteinander hatten.
Als seine Quelle versiegt ist, ist mein Körper, abgesehen vom Urin, wieder völlig sauber.
Um mehr von ihrem geilen Sekt an mir zu haben, lege ich mich nun auf die Decke und drücke mich richtig gegen den Stoff. Ich drehe und wende mich hin und her, damit ich möglichst viel von dem gelben Saft auf meine Haut bekomme. Jetzt beugen sich die beiden Männer zu mir herunter und nehmen mich zwischen sich. Sie reiben sich an mir und lecken mir ihren Sekt von der Haut.
Dann ist es auch bei mir soweit, dass ich Sekt zu spenden habe.
Ich drehe mich auf den Rücken, winkel meine Beine an, lasse zwei meiner Finger zu meiner Spalte wandern und beginne zu pinkeln. Die beiden Männer gehen mit ihren Gesichtern nah an meinen Unterleib heran, öffnen ihre Münder und lassen sich von mir in ihre Höhlen pinkeln. Immer wenn diese gefüllt sind, spucken sie mir deren Inhalt auf meinen Oberkörper. Richtig viel habe ich diesmal zu spenden, da ich am heutigen Tag noch gar nicht zum Wasserlassen auf der Toilette war.

Nachdem ich ihre Münder drei, vier Mal geflutet habe, nehmen sie sich meine Beine und heben diese etwas an, damit ich mich jetzt selbst mit meinem heißen Sekt vollsauen kann. Bis zum Gesicht kann ich den gelben Strahl laufen lassen. Herrlich, dieses warme Gefühl und das Wissen, dass es öffentlich passiert, und es trotzdem keiner mitbekommt.

Als meine Quelle dann versiegt, beugen sich Alex und Tommy wieder zu mir herunter, wir züngeln abwechselnd miteinander und dann legen sie sich erneut ganz eng an mich heran und wir kuscheln und schmusen noch etwas in unserem Natursektsee auf der Decke.

Nach weiteren dreißig Minuten nehmen sie sich ein großes Badetuch, stellen mich auf die Beine und rubbeln mich trocken.

Dann verabschieden wir uns voneinander und gehen unserer Wege ... .

III.   Natursektspiel mit einem Ehepaar

Wie einige andere Leute auch, so habe auch ich Fantasien, die ich niemals ausleben darf, weil sie verboten sind. Allerdings kann man diese trotzdem haben und, wenn man darüber spricht, dann ändert man halt einfach die Namen und die Rollen der beteiligten Menschen. Ein mich sehr erregendes Gedankenspiel, auf welches dies zutrifft, ist, dass ich gerne mal Sex mit einem älteren Ehepaar im Bett meiner Eltern hätte und hierbei geile Natursektspiele mit „dem älteren Ehepaar" haben möchte:

Ich bin alleine zu Hause. Meine Eltern sind arbeiten und dann klingelt es an der Haustür. Es sind die Eheleute Müller. Wolfgang und Claudia Müller sind bereits mit meinen Eltern zur Schule gegangen. Sie sind beide 45 Jahre alt, ich bin 20, und schon immer spielten die beiden in meiner Fantasie eine große Rolle. Seitdem ich erotische Gedanken habe, kommt es immer wieder vor, dass ich mir vorstelle, es mit den beiden zu treiben. Nun war die Gelegenheit gekommen. Sie haben eine Einladung meiner Eltern erhalten, haben sich aber im Datum geirrt. Sie sind einen Tag zu früh dran.
Bevor wir jetzt aber das Wohnzimmer betreten, möchte ich das Pärchen noch kurz vorstellen:
Sie, das sind Bertram Müller und seine Frau Petra.

Wolfgang ist 46 Jahre alt, wiegt etwa 80 Kilo und ist 1,91m groß. Er hat kurze, dunkelblonde Haare, braune Augen und besucht dreimal in der Woche ein Fitnessstudio.

Seine Frau Claudia ist 44, wiegt etwa 73 Kilo und ist zirka 1,76m groß. Sie hat lange, dunkelbraune Haare, die sie gerne zu einem Pferdezopf zusammenbindet und braune Augen. Ihre tollen Brüste bedeckt sie die meiste Zeit mit einem BH der Größe 75e.

Beruflich sind sie beide Pfleger in einem örtlichen Krankenhaus.

Als wir das Wohnzimmer betreten, greife ich nach unserem tragbaren Telefon um meine Mutter anzurufen. Die erklärt mir ebenfalls, dass das Treffen für den morgigen Tag verabredet ist. Sie könnte auch frühestens in drei Stunden von der Arbeit kommen. Dies macht die beiden etwas verlegen. Sie sehen sich zögernd an. Ich frage sie trotzdem, ob sie nicht noch etwas bleiben wollen. Gerne nehmen sie mein Angebot an, Wolfgang mustert mich in meinem weißen Bikini und ich erwidere seine Blicke mit einem frechen Grinsen.

> „Habt ihr es schon mal mit meinen Eltern getrieben?", frage ich einfach mal, als ich ihnen ihre Getränke auf den kleinen Wohnzimmertisch stelle.

Erneut schauen sich die beiden hilflos an.

> „Das fänd ich so geil!", äußere ich begeistert, um das Eis zu brechen.

Wolfgang dachte einen Moment nach und erklärte dann:
> „Wir wollten schon, aber es hat sich nie so wirklich ergeben."
> „Ich habe es mir auch schon oft vorgestellt, wie es wäre, es mit euch versaut zu treiben!"

Ich blickte ihn an, schaute zu seiner Frau und dann machte ich das, was ich jetzt für sinnvoll hielt: Ich zog mein Bikiniunterteil aus, ging auf Wolfgang zu, blieb vor ihm stehen, griff in seine Hose und sah ihm tief in die Augen. Er konnte sich ein schelmiges Grinsen nicht verkneifen.

> „Vielleicht könnten wir es ja hier zusammen treiben!? Was meint ihr?", frage ich nassforsch.

Er sieht seine Frau an, die grinst, blickt erst verlegen zur Seite, aber dann nickt sie und ich zögere keine Sekunde, ihm seine Jeanshose auszuziehen.

Während ich dies tue, entledigt er sich seines Hemdes und seine Frau legt ihre Tasche auf die Couch.

Als ich nun seinen Schwanz mit dem Mund verwöhne, indem ich mich vor ihm runter beuge, zieht seine Frau sich ihre Bluse und Stoffhose aus.

Bevor es nun weitergeht, sage ich, dass ich`s gerne im Doppelbett meiner Eltern mit ihnen treiben würde, wenn es ihnen nichts ausmacht. Claudia und Wolfgang grinsen sich gegenseitig an und sagen, dass das ein geiler Ort zum Ficken wäre, und schon sind wir alle drei auf dem Weg. Frau Müller, die mittlerweile auch nackt ist, geht neben mir ins Elternschlafzimmer und Wolfgang bleibt etwa fünf, sechs Schritte hinter uns zurück und betrachtet unsere wunderschönen Körper.

Den Anblick findet er so herrlich, dass er es sich nicht nehmen lässt, seinen Amigo schon auf dem Weg ins Schlafzimmer kräftig zu rubbeln.

Dann erreichen wir das zwei Mal zwei Meter Bett meiner Eltern. Claudia und ich legen uns mit dem Rücken auf die Matratzen, spreizen unsere Beine und präsentieren unserem Kerl wollüstig unsere beiden Spalten, die wir mit jeweils zwei Fingern für ihn öffnen.

Und der steht nun da. Er steht einfach nur da und schaut – und schaut und schaut. Auf der einen Seite seine mächtig wirkende Frau mit den riesigen Titten und daneben ich, jung, viel zierlicher und süß.

> „Ich glaube unser Anblick ist einfach zu viel des Guten für ihn!", sage ich grinsend.
>
> „Ich glaube wir sollten was machen!"
>
> „Und was?"
>
> „Ich will, dass du seinen Schwanz bläst, während du mit deiner Spalte auf meinem Mund sitzt und ich dich ebenfalls mit dem Mund verwöhne."
>
> „Gerne!", erwidere ich und so wird`s dann auch gemacht.

Wolfgang geht einen Schritt auf das Fußende des Bettes zu und schon habe ich seine klein geschätzten 19 Zentimeter in meinem Mund und sauge und lutsche seine Stange und kraule ihm dabei die Eier. Während er mich nun an meinen Haaren packt und so etwas die Geschwindigkeit reguliert, greift mir Claudia ordentlich an den festen Arsch und knetet meine Bäckchen gut durch. Dabei leckt und schmeckt sie meine gerade mal 20 Jahre alte Spalte. Das Schmatzgeräusch wird dabei immer lauter und auch Claudia will sich nun Abhilfe gegen ihre Geilheit verschaffen, indem sie sich zu fingern beginnt. Mit einer Hand spielt die Ehefrau an sich herum und die andere bleibt an meinem Gesäß.

Wolfgangs Schwanz wird von diesem Anblick immer fester und dicker. Ich kann ihm förmlich an der Nasenspitze ansehen, wie gerne er seinen Amigo in unsere nassen Grotten vergraben möchte, und ich war mir auch ziemlich sicher, welche der beiden er bevorzugen wird. So macht er uns den Vorschlag die Stellungen etwas zu verändern. Er möchte mich jetzt von hinten ficken und ich soll seine Frau währenddessen mit einen Strapon nehmen, als wäre er ein Vibrator.

Daraufhin dreht sich seine Frau um, sodass sie mit dem Kopf zum oberen Ende des Bettes liegt, spreizt ihre Beine und beginnt an ihren Titten zu spielen. Ich bekomme den Strapon in die Hand und schiebe ihn, nachdem er präpariert ist, in das feuchte Paradies der Frau und ihr Mann dringt mit seiner Eichel in meine junge Grotte ein.

Wir beginnen sofort lustvoll zu stöhnen, als wir bespielt werden. Er nimmt meine Hüften fest in seine Hände, damit er genug Halt bekommt, um mich anständig und fest zu ficken.

Ich führe der anderen Frau derweil den künstlichen Penis ein und lege meinen Kopf an eine ihrer Brüste und sauge ihr an den Nippeln. Claudia fährt währenddessen ihre langen, roten Fingernägel aus und streift diese, erst etwas zaghafter, dann aber immer fester und tiefer, über meinen Rücken.

Ich hauche meine Lust immer lauter heraus, nenne Wolfgang meinen geilen Hengst und genieße es sehr, von den Eheleuten im Alter meiner Eltern gleichzeitig benutzt zu werden.

Während sich mein Rücken immer roter einfärbt und an der einen oder anderen Stelle auch leichte Striemen bekommt, wird mein Stecher immer schärfer und muss aufpassen, dass er von diesem Anblick nicht schon jetzt zum Abspritzen gebracht wird.

Trotzdem reißt er sich zusammen und rammelt mich in verschieden starken Stößen ordentlich durch. Aber auch seine geliebte Claudia scheint das alles sehr zu genießen. Sie stöhnt, sie keucht und vergräbt ihre Finger in meinem Rücken. Ich muss manchmal etwas schreien, wenn sie wieder Mal eine Furche in mir zieht, aber es sind vielmehr Lustschreie, als der Ausdruck von den Schmerzen, die sie verursacht.

Dann will der Ehemann erneut die Stellung wechseln. Also zieht er seinen Penis aus mir heraus und legt sich neben seine Frau aufs Bett.

Er bittet mich, dass ich es seiner Frau nun mit dem Strapon machen soll, damit er mir dabei den Po mit einem Paddel versohlen kann.

Gesagt - getan.

Claudia dreht sich um und spreizt die Beine etwas. Sie beugt ihren Oberkörper vor und streckt mir ihren relativ mächtig wirkenden Arsch entgegen. Dann habe ich den Plastikpenis angezogen und dringe tief in die Ehefrau ein. Wie eben auch, so packe ich seine Frau fest bei den Hüften und rammel sie. Wolfgang greift sich derweil das schwarze, mit Leder überzogene, Paddel und lässt es in unregelmäßigen Abständen, abwechselnd auf meine festen Pobäckchen klatschen. Wie schon mein Rücken, so verfärben sich auch meine jungen, festen Backen alsbald rot, dann feuerrot und dann kommen auch schon kleinere, blaue Stellen hinzu. Dennoch genieße ich diese Behandlung sehr und je mehr er mich spankt, umso schneller und heftiger ficke ich seine Frau. Diese vergeht in ihrer Lust. Sie bewegt ihren „mächtigen" Körper wild hin und her und schreit ihre Lust lauthals heraus. Selten habe ich eine Frau erlebt, die beim Sex mit einer anderen Dame so abgeht. Das scheint auch Wolfgang wieder einen Kick zu geben, da dieser wieder anfängt, etwas an sich herumzuspielen und seinen Schwanz wieder zu einem harten, langen Rohr werden zu lassen. Während er jetzt also alle Hände voll zu tun hat, sowohl mit dem Wichsen seines Schwanzes, als auch mit dem Spanken meiner blauroten Pobäckchen, ist seine Frau kurz davor, ihren Höhepunkt zu erleben. Sie kündigt ihren Orgasmus an und ihr Körper beginnt zu vibrieren.

Genau in diesem Moment erklärt Wolfgang, dass er ganz dringend mal pinkeln müsste und ich erwidere ihm sofort, dass er mir die roten Stellen auf meinem Körper benetzen soll.

„Ja, tu es Wolli - piss die junge Sau voll!", fordert Claudia wild keuchend.

Und schon beginnt es.

Während ich seine Frau an ihren Hüften halte, damit sie ordentlich kommen kann, spüre ich seinen heißen, harten Sektstrahl auf meinen Rücken und meine Pobacken prasseln. Um besser zielen zu können, ist Wolfgang aufgestanden und steht nun hinter mir, auf dem Bett meiner Eltern, und saut mich ein. Der warme Natursekt läuft über meinen Rücken, hinunter in meine Pospalte, dann auf den Leib seiner Frau und letztendlich landet alles auf dem Matratzenüberzug vom elterlichen Ehebett. Oh man, ist das geil. Nie hätte ich gedacht, dass ich so etwas an diesem Ort werde erleben können. Schon seit Jahren habe ich von diesem Moment geträumt. Unzählige Orgasmen habe ich hierdurch schon erlebt und nun ist es wahr geworden.
Während ich jetzt immer mehr Probleme habe, den mächtigen Körper meiner Partnerin im Zaum zu halten, kühlt der gelbe Sekt, des älteren Spenders, meine Striemen und warmen Stellen auf meinem Körper. Schier endlos trifft die Flüssigkeit auf meine Haut und geilt mich grenzenlos auf.
Aber auch Claudia lässt es sich nicht nehmen, immer wieder lauthals zu verkünden, wie es ihr gefällt ihrem Gatten dabei zuzusehen, wie er mich und damit auch uns, einnässt.
Ich versuche sie fest an ihrem Becken zu packen, um die Kontrolle über sie nicht zu verlieren und ficke sie dabei immer weiter. Unter uns bildet sich ein nasser See und die Frau beginnt damit, sich ihre Finger etwas einzunässen und verreibt sich den Natursekt zum Teil auf ihrem Oberkörper und zum anderen auf meinen Brüsten.

Dann versiegt der Strahl des Mannes und als er seine Blase entleert hat, wichst er sich seinen Schwanz hinter mir kniend, zwischen meinen nassen Pobacken.

Jetzt ist es soweit, dass es seiner Frau kommt und er muss wohl sehr aufpassen, dass er es ihr nicht sofort gleichtut. Gerade, als seine bessere Hälfte uns an ihrer Ankunft im siebten Himmel teilnehmen lässt, kommt es ihm dann aber doch und er spritzt meinen Arsch von oben bis unten und von links nach rechts voll. Dabei lässt er seine Eichel auch mal in mein Polöchlein eindringen und sein heißer Saft spritzt in meinen Arsch.

Als er dann nichts mehr zu geben hat, ist auch der Unterleib seiner Frau erschöpft auf die Matratze geklatscht.

Ich ziehe den Strapon aus ihr heraus und drehe mich zu Wolfgang um. Ich nehme seinen schlaffer werdenden Schwanz in meinen Mund und sauge ihn bis zum letzten Tropfen aus. Hierbei räkeln wir uns in seinem Natursekt und verreiben ihn uns gegenseitig auf den nackten Körpern. Nur Claudia liegt schweißgebadet auf dem Bett, ihr Kopf ist hochrot und sie ringt nach Luft.

Während ich mich um sein bestes Stück kümmere, lehnt er sich zu seiner Frau vor, gibt ihr einen leidenschaftlichen Zungenkuss und spielt danach eine Weile, auf die übliche Weise, mit ihren Brüsten. Allerdings ist sie so fertig, dass sie ihn zur Seite stößt und einfach nur daliegen will.

So wendet er seinen Blick wieder zu mir, da ich immer noch versuche seinen Schwanz wieder einsatzbereit zu bekommen, was mir aber nicht mehr so recht zu gelingen scheint. Sein Erguss eben ist so heftig gewesen, dass sich sein Amigo für heute aus dem Geschäft zurückziehen will.

So kommt ihm die Idee, dass er sich nun den Strapon anzieht, da dieser innen hohl ist, und er mich auch so zu meinem wohlverdienten Höhepunkt bringen könnte.

Also rauf auf den Hengst. Ich besteige ihn, wir halten uns an den Händen fest und ich beginne ihn zu reiten. Meine prächtigen Möpse wippen auf und ab und er betrachtet sich diese mit einem freundlichen Lächeln - ebenso seine Frau.

Als ich jetzt an seinem Oberkörper halt suche, greift er an meinen Po und hilft mir beim Reiten. Mit beiden Händen packt er fest an meine Backen und nun bin auch ich am stöhnen, keuchen und schnaufen. Immer schneller bewege ich mich auf und ab. Immer tiefer reite ich seinen harten Penisersatz und während ich dies tue, wandern seine Hände an mein Becken und umfassen mich dort. Dann beuge ich mich etwas vor und wir geben uns heiße Zungenküsse. Seine Frau betrachtet sich das geile Spiel und kommt langsam wieder zu Kräften. Sie richtet sich auf, und genießt, ebenso wie er, den tollen Fick.

Dann bin auch ich kurz vor meinem Orgasmus. Immer schneller wird meine Atmung, immer kräftiger reite ich den Schwanz. Dann steht die Ehefrau auf, stellt sich über den Brustbereich ihres Mannes, öffnet ihre Spalte, und schon kommen ein paar erste Tropfen, die ihren Weg auf seinen Oberkörper und alsbald auch in mein

Gesicht finden. Genau wie bei ihrem Mann eben, so kommt auch aus ihr ein mächtiger Strahl heraus. Gierig beuge ich mich nach vorne um so viel wie möglich davon aufnehmen zu können.

Als sie merkt, dass es wegen des Reitens nicht so recht funktionieren will, geht sie noch einen weiteren Schritt nach vorne und so kann ich den warmen Strahl direkt von der Quelle in meinen Mund kommen lassen und ihn dann gegen die Spenderin und auf ihren Mann spucken. Dieser hält mich immer fester an der Hüfte und der Moment des Glückes kommt mir immer näher. Immer schneller reite ich ihn. Immer mehr Sekt läuft an mir herunter, auf den Ehemann und letztlich auch auf das Bett, das sich immer mehr in einen See aus Sekt verwandelt. Aber das ist mir jetzt völlig egal, denn jetzt erreiche ich den siebten Himmel. Hierbei beuge ich mich zu Wolfgang vor und stöhne ihm geile und versaute Worte entgegen. Währenddessen pinkelt mir seine Frau auf den Kopf und der feine Urin läuft mir an den Haaren herunter. Wolfgang packt mich derweil an den Backen und führt mich so durch meinen Höhepunkt.

Als ich diesen erlebt habe, bleibe ich erst noch eine Weile auf dem künstlichen Penis sitzen und spiele mit der Spalte seiner Ehefrau, aus der ich auch noch den letzten Tropfen ihres Sektes heraussaugen möchte.

Dann steige ich von ihm herab und ich lege mich zwischen seine Frau und ihn. Alles ist nass und es riecht nach Natursekt.

Wir kuscheln noch etwas, liebkosen unsere Körper gegenseitig und räkeln uns noch im Urin des

Ehepaares, bevor wir uns dann wieder von einander verabschieden.

Was für ein tolles Erlebnis ... .

IV. Natursektspiel mit dem Hausmeister

Eine weitere nette Vorstellung ist, dass ich gerne mal Natursektsex mit einem Mann hätte, der an einer Schule oder auf einem Amt arbeitet. Es sollte dazu noch ein älterer Mann sein.
Eine längere Zeit habe ich mir vorgestellt, dass ich es mit dem Hausmeister unserer Uni treibe:

Als ich an einem schönen Morgen im September die Uni betreten habe, fällt mir unser Hausmeister auf. Von dem weiß ich, dass er schon seit Jahren glücklich verheiratet ist und kürzlich seinen 50. Geburtstag gefeiert hat. Kann auch schon das eine oder andere Jährchen her gewesen sein, aber egal. Er ist so ein richtig geiler Opatyp.
Er ist etwa 1,90 Meter groß, hat gut und gerne mal über 100 Kilo, einen breiten Scheitel und wenn ich das richtig gesehen habe, einen mächtigen Prügel in der Hose. Dafür ist er auch mehr oder weniger „offiziell" bekannt. Auf der Mädelstoilette erzählt man sich, dass es sogar über 20 Zentimeter wären.
Ich beobachte den Mann noch zwei, drei Tage und als ich einen Plan habe, gehe ich in die Offensive.

Es ist der 9. September.

An diesem Morgen hat er gerade, neben seinem Hausmeisterzimmer, an einem Kabel in der Decke gearbeitet, als ich an ihm vorbei gehe.

Er grüßt mich nett und ich zwinkere ihm mit einem Auge zu. Als ich etwa vier Meter weiter gegangen bin, drehe ich mich noch einmal zu ihm um, wackel kurz mit meinem süßen Arsch und setze mich dann auf eine der Sitzgelegenheiten, die es in den Gängen der Uni gibt. Ich warte bis der Techniker in seinen Raum geht, stehe auf und klingel an seiner Tür.

Erst scheint er etwas erzürnt zu sein, aber als er mich sieht, ändern sich seine Gesichtszüge prompt. Er mustert mich.

Ich trage ein weißes, ärmelloses Top, einfache Flip Flops und eine hellblaue Pants. Er grinst. Ich frage ihn, ob ich denn mal kurz eintreten dürfte, da ich eine technische Frage an ihn hätte. Lächelnd bittet er mich einzutreten.

> „Was kann ich denn für dich tun, Kleines?", frage er, als er die Tür hinter mir verschließt.
>
> „Nun ja, mein Spielzeug ist kaputt. Ich habe neue Batterien drin und es funktioniert trotzdem nicht."

Ich ziehe einen Luststab aus meinem Rucksack.

> „Das ist ein Vibrator, oder?"
>
> „Ja. Ich kenne sonst niemanden, der sich mit dem Reparieren von Dingen auskennt und dachte mir, dass Sie mir vielleicht helfen könnten.", sage ich und sehe ihn dabei hilfesuchend an.

Er grübelt kurz und nimmt das Ding in seine Hand. Er scheint verwirrt darüber zu sein, was das zu bedeuten hat.

> „Er ist vor drei Tagen kaputt gegangen und da ich zurzeit keinen Freund habe, brauche ich ihn halt. Wissen Sie!?", erkläre ich ihm.

Daraufhin sieht er mich einfach nur an. Er wirkt total perplex.

> „Können Sie mir helfen? Egal wie!", hauche ich ihm entgegen.
>
> „Egal wie!", wiederholt er völlig überfordert.
>
> „Ja! Ganz egal wie!", erkläre ich ein weiteres Mal und lächel ihn schelmig an.

Er betrachtet sich das Spielzeug und dreht es um. Da entdeckt er das Batteriefach und dreht es auf. Dabei kann er feststellen, dass ich ein Stück Papier zwischen die Batterien und den Kontakt zum Gerät eingeschoben habe.

Erschrocken wandert sein Blick sofort wieder zu mir. Auf seiner Stirn bildet sich Schweiß.

Jetzt grinse ich ihn über beide Wangen an, warte noch einen Moment und dann entledige ich mich meines Tops. Er staunt nicht schlecht, als er meinen nackten Oberkörper präsentiert bekommt. Aber abwenden tut er sich auch nicht. Er reagiert erst mal nicht - er schaut mich nur an.

Dann greife ich mir seine freie Hand und führe sie zu meiner rechten Brust. Total überfordert, tut er, was Mann halt tut, wenn er Brüste in der Hand hält: Er kneift in meinen Hof und zwirbelt leicht an meinem Nippel. Er grinst. Dann schaut er mich wieder an.

„Wollen Sie mich!? Wollen Sie mich, Hausmeister?", frage ich mit weit offenen Augen und drücke seine Hand fester gegen meine Brust.

Er sagt nichts. Er scheint es aber sehr zu genießen, da ich spüren kann, dass sich seine Hand etwas entspannt.

„Ich will Sie! Ich will Sie sehr, Hausmeister! Jetzt!", hauche ich weiter und nehme den Zeigefinger seiner Hand und führe ihn in meinen Mund.

„Ja.", ist alles, was ihm über die verwirrten Lippen kommt.

Ich sauge noch eine Weile an seinem Finger, dann nähere ich mich ihm. Ich hüpfe kurz hoch und schon umschlingen meine Beine seine Hüften, während ich mit meinen Armen seinen Hals umklammere. Dann küsse ich ihn. Schnell und heftig lasse ich meine Zunge in seinen Mund wandern und er spielt mit. Er scheint immer noch ungläubig, schaut nach, ob seine Tür verschlossen ist, aber dann geht es los.

Er packt mich mit beiden Händen fest an meinem süßen Arsch und erwidert meine feuchten Küsse. Ich habe zwar etwas Probleme damit, mich über seinen Bauch hinaus an seinen Lippen zu halten, aber wo es Geilheit gibt, gibt`s auch immer einen Weg. Dann dreht er sich um und setzt mich auf seinen Holztisch und öffnet den Reisverschluss seines Blaumanns. Schnell ist das Ding ausgezogen und in die Ecke geworfen. Nun trägt er nur noch ein Unterhemd (weißer Feinripp), welches er auf mein Geheiß hin anbehält, seine dunklen Boxershorts und graue Tennissocken. Als er sich seiner Unterhose entledigt, staune ich nicht schlecht, als ich seinen Hänger erblicke.

Denn es stimmt!!! Was für ein Prügel!!! Mit zwei Händen nehme ich ihn in dem Mund, nachdem ich vom Tisch abgestiegen bin, und mich vor ihn hin kniete. Erregt schließt er seine Augen, verschränkt seine Arme hinter dem Kopf und genießt mein Zungenspiel, mein Blasen und Wichsen. Immer härter wird seine Schlange, für die ich nur löbliche Worte finde und beginne diese mit meinem Mund zu blasen.

Noch nie habe ich einen so großen Penis gesehen. Fast hätte ich wirklich Angst gehabt, dass mein gieriges Loch ihn nicht in Gänze wird verschlingen können. Einen ersten Vorgeschmack, was meinem Löchlein gleich blühen würde, bekomme ich, als er nun beginnt sein Rohr bis zum Anschlag in meinen Mund zu drücken. Ganz tief stößt er mit seiner Schlange in meinen Rachen vor. Meine Mundhöhle bietet gerade mal etwas mehr als der Hälfte seines Schwanzes platz, dann muss ich schon würgen. Aber das macht mir nichts. Ich bin so scharf auf sein riesiges Teil, dass ich es mir selbst, nach einer Weile des Ausprobierens, bis zum Zäpfchen einverleibe. Als er mich so fickt, beginne ich es mir, mit einer Hand in meiner Hose, selbst zu machen. Dies beobachtet er.

>„Das kann ich doch für dich erledigen, Mäuschen!", sagt er, nimmt seinen Schwanz aus meinem Mund heraus, und kniet sich vor mich.

Ich drehe mich um und lehne mich über den Tisch. Dann zieht er mir die Pants aus, knetet meinen Arsch etwas mit seinen Händen, und ich kann spüren, dass dieser große Mann, meinen kompletten Popo in einen seiner Grapscher hätte nehmen können. Für mich ein sehr geiler Gedanke. Dann drückt er meine Beine etwas weiter auseinander und beginnt mich zu lecken. Dies macht ihn wohl so geil, dass er sich beim Lecken selbst anfasst und seinen Schwanz immer weiter wichst. Dann fängt er an, mich zu fingern. Erst dringt er mit einem Zeigefinger in meine Fotze ein, dann nimmt er einen Zweiten hinzu und als er einen flotten „Dreier" in mir spielt, bin ich bereits völlig ausgefüllt. Unterstützend zu seinem Spiel, reibe ich meinen Kitzler um noch heftigere Erregung zu verspüren. Dass ich hierbei meiner Lust freien Lauf lasse und mehr als Laut stöhne, ist ihm völlig egal. Noch nie in meinem Leben hatte ich einen so großen Kerl. Seine Handgelenke sind fast so dick wie meine Oberschenkel. Seine Hände sind kräftig und jetzt soll es bald soweit sein, dass er mit seinem mächtigen Gerät in mich eindringt.

Aber bis es soweit ist, fingert er mich erst noch ein wenig, und da es mich so geil macht, steht mein erster Höhepunkt schon vor der Tür. Ich beginne zu zappeln, und reibe mein Lustknöpfchen etwas schneller. Dann muss ich intensiver schnaufen, meine Atmung wird schneller und ich fordere ihn auf, noch tiefer in mich einzudringen und dass er seine Finger schneller bewegen soll. Er tut es. Gott macht mich der alte Mann so geil. Er lässt seine Finger weiter in mir kreisen, und während ich einen heftigen Orgasmus erlebe, fasst er mir von hinten an meine festen Titten und spielt mit meinen Nippeln, was mich nur noch mehr erregt und dazu führt, dass er mich kaum noch halten kann, als es ihr am Heftigsten zumute ist.

Ich schreie heraus, dass es mich richtig erregt, es geil vom Hausmeister besorgt zu bekommen.

Als ich meinen Orgasmus erlebt habe, drehe ich mich keuchend zu meinem Liebhaber um. Auf meiner Stirn steht etwas Schweiß, den er mir mit einem Tuch abwischt, nachdem er sich zu mir hinbeugt und wir uns erneut heiße Zungenküsse geben.

„Jetzt muss ich pinkeln!", beginne ich lächelnd.

„Dann los, kleine Sau!", erwidert er mir.

Also drehe ich mich um, lege mein rechtes Bein auf den Tisch und öffne meine Spalte. Erst kommen ein paar einzelne Tröpfchen, die er mit seiner Zunge aufnimmt, dann wird daraus aber ein kräftiger Strahl, den er in seinen Mund und auf seinen weißen Feinripp laufen lässt.

Während ich ihn richtig einnässe, spielt er erneut an seinem Schwanz herum und rubbelt ihn wie verrückt. Immer wieder spuckt er meinen heißen Sekt zurück gegen meinen Arsch und auf meine Quelle. Unter uns bildet sich ein großer See, den ich an meinen Füßen spüren kann.

Weiterhin läuft mir der Natursekt an meinen Beinen herunter. Ein herrliches Gefühl den warmen Urin an mir zu spüren.

Als meine Quelle dann zu versiegen beginnt, steht der völlig nasse Mann auf und lässt sich mein Pipi auf den Schwanz laufen. Dabei stöhnt er lustvoll und gibt meinen Pobacken leichte und kräftigere Klapse.

Dabei nähert er sich mit seinem Prügel immer näher an meine nasse Spalte heran.

Er hebt mich mit einer Hand zurecht und dringt in meine nasse Fotze ein. Erst nur mit der Eichel und dann von Stoß zu Stoß immer etwas mehr. Tiefer und tiefer schiebt er seinen Kolben in mein feuchtes Paradies und ich genieße seine harte Stange in vollen Zügen. Ich erkläre ihm, dass er mich fest an meinen nassen Hüften packen soll und dass ich seinen Penis bis zum Anschlag in meine Höhle gedrückt haben möchte.

Gesagt – getan.

Nach dem fünften oder sechsten Stoß ist er vollständig in meiner Grotte drin. Obwohl sie etwas zu eng und zierlich ist, verschlingt sie seinen riesigen Schwanz komplett. Während er mich hart und tief fickt, kralle ich mich am Tisch fest, damit ich nicht auf der Natursektlache ausrutsche, in der ich stehe.

Oh man, bin ich so geil.

Soviel Schwanz in meinem Paradies. Das hat`s noch nicht gegeben. Immer schneller nimmt er sich mich vor. Er packt mich bei den Schultern und drückt sich immer tiefer in mich hinein.

Dann kündigt er auch schon an, dass er bald zu einem herrlichen Höhepunkt kommen wird.

> „Ich muss jetzt gleich abspritzen, du versautes Ferkel!", stöhnt er.

Ich feuere ihn daraufhin weiter an:

> „Noch nicht, du geiler Hengst. Noch nicht!", keuche ich flehend.

Jedoch zieht er sein Rohr aus mir heraus, und gerade, als er ihn mit seiner Hand zu greifen bekommt, fängt er schon an auszulaufen. Er schreit seine Lust lauthals heraus und feuert seinen heißen, frisch gepressten Saft mitten in mein Gesicht. Ich öffne gierig meinen Mund, strecke meine Zunge heraus und nehme soviel, wie ich davon bekommen kann, in mich auf.

Da er aber vielmehr zu geben hat, als in mein Mäulchen hineinpasst, lässt er seinen Saft auch auf meine Brüste und den Unterleib laufen.

Während dies passiert und er immer noch am keuchen und japsen ist, fließt sein heißer Samen wieder aus meinem Mund heraus und findet seinen Weg über mein Kinn, nach unten und tropft langsam auf meine Fotze, die nun anfängt sich weiß zu verfärben.

Als ich meinen Mund wieder geleert habe, greife ich mir seinen Kolben zum zweiten Mal, und diesmal sauge ich ihn restlos leer.

Gerne hätte ich sein Rohr noch ein zweites Mal auferstehen lassen, aber leider kommt er aber nicht mehr zum Stehen.

Da er es aber so nicht enden lassen will, beginnt auch er jetzt zu pinkeln. Ohne Vorwarnung läuft mir ein harter Strahl feinsten Sektes in meinen Mund, den ich zuerst einmal zu schlucken beginne und dann aus meiner Höhle, auf meinen verschmierten Oberkörper laufen lasse.

Weiterhin verteilt sich das Nass auf meiner Spalte und läuft auf den Boden. Um den guten Natursekt noch mehr zu spüren, setze ich mich nun auf den Boden und fange damit an, den warmen Sekt, den er mir nun auch über den Kopf laufen lässt, auf mir zu verreiben.
Jetzt bin ich total nass und eingesaut. Ich rieche nach feinstem Urin und als sein Strahl schwächer wird, sehe ich aus, als käme ich gerade aus der Dusche.
Er beugt sich zu mir herunter, legt sich auf mich und wir knutschen wild miteinander. Wir rollen uns über den Boden, lachen uns gegenseitig an und genießen den Moment der totalen Versautheit.

Nachdem wir noch eine Weile auf dem Boden liegen geblieben sind, reicht er mir ein Handtuch, damit ich mich abtrocknen kann, ich ziehe meine durchnässten Kleider wieder an, und dann verabschiede ich mich.
Ich verlasse sein Zimmer, gehe zum Ausgang des Gebäudes und werde auf dem Weg dorthin von einigen Mitstudenten kritisch beobachtet. Aber das ist mir völlig wurscht. Ich bin in uringetränkten Kleidern öffentlich unterwegs.

Was für ein geiles Gefühl ☺

V. Natursektspiel mit dem Nachbarn

Die folgende Fantasie handelt von meiner Vorstellung, dass ich Sex mit meinem verheirateten Nachbarn haben könnte.

Es dreht sich hierbei um Herrn Friedrich. Fritz Friedrich. Er ist etwa 40 Jahre alt, hat drei Kinder und ist seit über zehn Jahren mit einer wirklich üppigen Frau verheiratet. Er hat dunkle, kurze Haare, die sich um eine Halbglatze herum verteilen und ansonsten einen normalen Körperbau, für einen Mann seines Alters. Nicht mehr ganz neu, aber in einem guten Allgemeinzustand.

Das erste Mal sah ich ihn, als er nachts um halb drei noch bei meinen Eltern war. Seine Frau war auch dabei. Ich kam gerade von einem Videospieleabend bei meiner besten Freundin Chantal. Ihr Vater Paul brachte mich nach Hause.

Als ich die Küche betreten hatte, in der alle saßen, konnte ich den gierigen Blick meines Nachbarn eindeutig wahrnehmen. Ich glaube, er wollte auch, dass ich merke, wie toll der mich findet. Ich trug damals, es war Juli, eine knappe Hotpants ohne Höschen, ich sage nur Cameltoe, ein weißes Shirt ohne BH und Flip Flops. Ganz langsam ging ich an dem Mann vorbei und sah ihn dabei lange und lächelnd an. Als ich dann hinter der Küche ins Wohnzimmer abbog, schüttelte ich noch einmal meine Haare, die mir bis in den halben Rücken reichten und verabschiedete mich für diese Nacht.

Für mich stand fest, dass ich mit diesem Mann Sex haben werde. Obwohl ich gerade erst 18 geworden war, wollte ich es unbedingt mit diesem Kerl treiben. Ich kann es mir heute zwar nicht mehr erklären, aber ich wollte ihn.

Geplant – getan.

Jeden zweiten Dienstag mähte Fritz den Rasen in seinem Garten. Also legte ich mich an diesem Tag, zu seiner Zeit, in die Wiese. Ich trug nur das Unterteil meines weißen Bikinis, lag auf dem Bauch und ließ mir den Rücken bräunen.
Mein Nachbar fuhr die ganze Zeit mit seinem Rasenmäher am Zaun vorbei. Jetzt sollte es passieren. Meine Eltern kamen nicht vor 18 Uhr nach Hause und seine Familie schien zum Einkaufen gefahren zu sein. Es war nun etwa 17.30 Uhr. Jetzt oder nie. Aber wie!?
Ich überlegte kurz und entschied mich dann, das böse, genervte Mädchen zu geben, um ihn vielleicht etwas verlegen zu machen. Ich stand also auf, wickelte mir ein Badetuch um meinen Körper und schritt wütend an den Gartenzaun.

> „Müssen Sie jetzt so einen Krach machen, Herr Friedrich?", motzte ich ihn an.
> „Ich mähe doch nur den Rasen.", erwiderte er kleinlaut.

Er schien wirklich erschrocken zu sein, über dieses Verhalten von mir. Also blickte ich über den Zaun nach unten und entdeckte seine Latte. Scheinbar hatte er sich auch schon so seine Gedanken über mich gemacht. Es war ein dralles, doch recht großes Rohr, was sich da in seiner Hose abzeichnete.

> „Haben Sie denn jetzt nichts Besseres zu tun? Ich würde gerne etwas ausspannen. Da stört mich ihre Bauernarbeit!", fauchte ich weiter.

Er wusste scheinbar nicht, wie er nun reagieren sollte.

> „Also!?"
> „Was meinst du?"
> „Ich will, dass Sie aufhören! Ich will mich entspannen!"

Nun stand er da. Ich konnte sehen, wie angespannt er war. Hoffentlich habe ich es jetzt nicht übertrieben, dachte ich noch so bei mir, doch dann wurde er erschreckend direkt:

> „Wir könnten ja ficken!", kam es ihm selbstbewusst über die Lippen.

Wow, das war mir dann doch etwas zu direkt. Ich wollte es zwar auch unbedingt, aber so einfach kann man als Mädchen dann auch nicht zu haben sein.

> „Haben Sie einen Knall, Herr Friedrich!? Wissen Sie, wie alt Sie sind!? Außerdem haben Sie drei Kinder und ich bin gerade mal 18!"

Das schien ihn aber auch nicht mehr zu stören. Er hatte es ausgesprochen, also musste er es jetzt wohl bis zum Ende durchziehen.

> „Ach komm, Esther! Ich habe dich doch mit dem älteren Kerl gesehen! Ich weiß doch, dass

> du auf ältere Herren stehst, und dass es dir gefällt, wenn sie dich so richtig durchrammeln! Außerdem ist es doch ein toller Extrakick, wenn ein Kerl für dich seine Ehe riskiert, du versautes, junges Dreckstück!"

Das war jetzt mal eine Ansage. Wow, machte mich dieser Kerl so geil. Ich glaube er wusste genau, dass ich ihn wollte.

Trotzdem schaute ich ihn noch eine Weile mit bösem Blick an. Ich wollte wissen, ob er wirklich so stark war, wie er nun gerade tat. Ich blickte noch einmal kurz auf seine Hose. Hierbei konnte ich erkennen, dass seine Nudel anfing, schlaffer zu werden, also:

> „Okay, Herr Friedrich! Sie dürfen mich ficken! Aber nur einmal! Im Werkzeugkeller meines Vaters!", schlug ich vor.

Ich wollte es schon immer mal auf der Werkbank meines Vaters treiben. Vor allem, weil er sich selbst dort am liebsten aufhielt. Stundenlang konnte er sich in „seinen" Keller begeben und meine Mutter und mich auch mal einen ganzen Tag uns selbst überlassen. Allerdings reagierte er nicht. Er sah mich bloß an.

> „Was iss jetzt!? Nicht nur reden! Machen!"

Ich griff mir seine Hand und führte ihn zur kleinen Gartentür, die es zwischen den beiden Grundstücken gab, und dann gingen wir über die Terrasse ins Haus.

Als wir im Wohnzimmer ankamen, zog ich mir das Badetuch aus und nahm es in meine rechte Hand.

Dann gingen wir zügig in den Keller. An der Werkbank meines Vaters angekommen, legte ich das Tuch darauf, zog mein Bikiniunterteil aus und war nun völlig nackt. Einen Moment lang ließ ich ihn meinen geilen, jungen Körper genießen und ich konnte förmlich spüren, wie er jeden Zentimeter meines Bodys abscannte.

Dann hüpfte ich mit einem gekonnten Sprung auf die Werkbank meines Vaters, legte einen Arm um seinen Hals und zog ihn an mich heran. Dann küssten wir uns. Direkt mit Zunge. Ich spürte sofort eine gewisse Wärme zwischen meinen Beinen aufkommen und feucht war ich auch schon. Dann fiel mir seine schlaffe Nudel wieder ein.

>>Kommt er von alleine, oder soll ich etwas nachhelfen?<<, fragte ich.

Wir sahen beide zu seiner Hose herunter und mussten feststellen, dass nichts zu erkennen war. Ich sah ihm kurz in die Augen, er sammelte sich und forderte dann von mir:

>>Ich will, dass du mich bläst, junge Sau!<<

Junge Sau! Ha, da war jetzt aber jemand stark geworden, dachte ich so bei mir, aber es war mir so lieber, als wenn er sein Softy gewesen wäre. Ich mag`s, wenn Kerle sich stark und männlich geben.

Ich hüpfte wieder von der Bank herab und zog ihm seine knappe Sporthose aus. Ich warf sie links neben uns auf den Boden und schnappte mir seine, trotz Schlaffheit, recht ansehnliche Nudel, zog seine Vorhaut etwas zurück und begann damit, ihn mit meiner Zunge wieder in Form zu bringen.

Er packte mich derweil am Hinterkopf und bewegte meinen Mund immer tiefer gegen seinen Schwanz. Und der wuchs. Er wuchs und wuchs mit jeder

Bewegung, mit jedem Saugen und jedem Spielen meiner Zunge mit seinem Schweif, wurde er wieder die stolze Stange, die er eben im Garten noch war. Ich war erstaunt, wie schnell der Schwanz wieder zu einem harten Rohr wurde. Dann fing ich an, den Schweif mit einer Hand zu wichsen, da ich Angst hatte, dass er mich zum Erbrechen bringen würde. Das Teil war gut und gerne zwanzig Zentimeter groß. Freudig lächelnd sah ich zu ihm auf und er streichelte mir mit einem Finger über meine linke Wange, während ich seinen Freund nun endlich einsatzbereit dastehen hatte.

„So einen Großen hatte ich noch nicht in mir, Herr Friedrich.", bemerkte ich motivierend.

Was sagt man nicht alles, um ein männliches Ego zu stärken, sprich den Schwanz steil stehen zu lassen.

Ich hoffte ihn mit dieser Aussage dazu zu bringen, dass er sich extra viel Mühe geben würde, sodass mein erster Fick auf der Werkbank meines Vaters ein unvergessliches Erlebnis für mich wird.

So stand ich wieder auf und hockte mich auf die Bank. Ich lehnte mich zurück, winkelte meine Beine an, sodass er sich am Anblick meiner feuchten Grotte ergötzen konnte.

Sofort kniete er sich auf den Boden und öffnete meine Schamlippen, damit er mich mit seiner Zunge verwöhnen konnte. Schnell spürte ich kleine Blitze in mir aufkommen und meine Erregung stieg rapide an. Erst begann ich nur etwas zu stöhnen, damit er mehr Sicherheit bekommen sollte, dass es mir auch gefiel, aber schon bald konnte ich nicht mehr anders als meine Lust herauszulassen. Er war wirklich gut. Einer der Besten, die ich bis dahin hatte. Seine Zunge war stark aber gleichzeitig auch zärtlich. Er wusste genau, wo er hin musste, um mich zu stimulieren. Dann nahm er noch einen Finger hinzu und begann ihn leicht in mir zu bewegen und zu drehen. Als ich zwischendurch immer mal wieder meine Augen kurz öffnete, konnte ich erkennen, wie er sich an meinem Anblick erfreute. Mein junger Körper schien ihn verrückt zu machen. Keine Sekunde schenkte er meinem nassen Paradies nur einen einzigen Blick. Einzig meine festen Titten und mein junges Gesicht faszinierten ihn.

Dann wollte ich ihn endlich in mir spüren. Es waren auch nur noch etwa zehn Minuten bis meine Eltern nach Hause kamen.

„Ficken Sie mich jetzt, Herr Friedrich! Ficken Sie mich endlich. Ficken Sie mich auf der Werkbank meines Vaters!"

„Ich muss pissen, Esther! Ganz dringend!", erwiderte er, wie aus dem Nichts kommend.

Ich lächelte und erklärte ihm, dass er sich keinen Zwang antun soll und mich voll strullern darf.

Gesagt – getan.

Er greift nach seinem Schwanz und beginnt mir auf die Titten und meine Spalte zu pissen. Schön warm ist sein harter Strahl. Unter mir bildet sich eine Lache und als er richtig am pinkeln war, packte er mich bei den Haaren und zog mich nach vorne, sodass er mir nun auch mein Gesicht mit seiner feinen Flüssigkeit einnässte. Gierig öffnete ich meinen Mund und nahm es in mich auf. Teilweise schluckte ich es, teilweise spuckte ich es ihm entgegen oder ließ es einfach an mir herunter laufen. Seinen warmen Sekt auf meiner Haut zu spüren gab mir direkt das sichere Gefühl, dass ich ihn ihm einen guten und dauerhaften Partner für geilen, nassen Sex gefunden hatte, und dass wir es künftig öfter mal hinter dem Rücken meiner und seiner Familie miteinander treiben könnten.

Als sein harter Strahl sich dann langsam abschwächte, begann er erneut ihn zu wichsen, und dann ließ er seine dicke Eichel in mich hinein gleiten.

Dabei packte er mich mit seinen Händen an den Schultern und schaute mir tief in die Augen. Sein Urin lief langsam an mir herunter und verbreitete einen sehr erregenden Duft.

Mit jedem Stoß drang er tiefer und tiefer in meine enge Grotte ein. Ich genoss es. Oh ja, und wie. Ich konnte nicht aufhören ihn anzusehen. Was für ein schönes Gefühl einen altgedienten, so versauten Familienvater dazu zu bringen alles zu riskieren, damit er mich auf der Bank meines Vater vollpinkeln und ficken darf. Aber auch ihm schien es sehr zu gefallen. Mit jedem Stoß wurde er schneller, atmete schwerer und stöhnte lustvoller. Er griff sich etwas von seinem Sekt und verrieb ihn während des Ficks auf mir oder steckte mir zwei, drei seiner Finger in den Mund, damit ich diese sauber lecken und absaugen konnte.

Mit jeder seiner Bewegungen zuckte ich etwas mehr zusammen, weil die Situation mich so aufgeilte.

Was für eine tolle Situation. Immer wieder schob er mir sein Rohr in meine enge Höhle der Lust, die nun auszulaufen begann. Immer intensiver musste ich stöhnen und keuchen.

Dann wollte er die Stellung wechseln. Er japste mir entgegen, dass er jetzt mal eine Zeit lang meinen süßen runden Arsch sehen wollte. Ich folgte seinem Wunsch und stieg von der Werkbank meines Vaters herab und beugte mich über dieselbe. Nun lagen meine Brüste in seinem Sekt. Ich spreizte meine Beine und als dies nicht ausreichte, legte ich meinen rechten Schenkel auf die Werkbank und so konnte er wieder in mich eindringen, indem er mich an meinem Po noch etwas anhob. Mit einem Arm umfasste er meinen Oberkörper und packte meine festen, uringetränkten Titten. Mit dem anderen Arm hielt er meinen rechten Pobacken fest, grapschte hinein und bewegte meinen Körper damit auf seinem Schwanz hin und her. Ich wurde immer erregter und nun begann mir etwas der Saft aus der Möse zu laufen.

Als er dies mitbekam, stöhnte er noch lauter auf. Er hielt mich fest auf seinem Amigo und fast war es so, als würde er ihn, wie den Kolben einer Maschine, in dem dafür vorgesehen Lauf gleiten lassen. Gut geölt – so, als müsste es genauso sein, als wäre sein Schwanz genau für meine enge Fotze gemacht worden. Und als ich den riesigen Kolben in mir spürte, war ich schon fast an meinem ersten Höhepunkt angelangt. Ich begann zu zucken und spürte, wie es mir langsam aber sicher und sicherlich heftig kommen wird. Mein junger Körper vibrierte. Ich keuchte. Ich schnaufte.

„Herr Friedrich! Oh ja, Herr Friedrich! Mir kommt`s gleich. Ja, jetzt, ja … ja … ja … jaaaaa …

jaaaaaaaaa ...", schrie ich laut auf und zappelte so stark herum, dass er seinen Luststab nur schwer in seinem „Lauf" halten konnte.

Der Moment, als es mir jetzt kam, war grandios. Dieser mächtig bestückte Kerl, dieser Familienvater von nebenan, hat mich mit seinem Teil in einen heftigen Orgasmus getrieben. Diese Gedanken machten mich so geil, dass ich fast noch einen zweiten Höhepunkt erlebt hätte, während er immer noch keine Anstalten machte, abzuspritzen.

Leider machte er aber nun langsamer. Ich glaube er wollte wirklich noch nicht kommen. Ich war aber auch immer noch am keuchen und schwitzen. Dann ließ er seinen Penis langsam aus mir herausgleiten. Ich musste grinsen, als ich merkte, dass ich immer noch ganz wackelig auf den Beinen war, bevor er mich wieder mit dem Po voran auf die Werkbank setzte. Ich lehnte mich wieder etwas zurück und präsentierte ihm so meine Brüste, mein schönes durchgeficktes Loch und meinen Prachtbody. Er begann sich vor mir zu wichsen und lächelte mich an. Auch ich konnte mir ein zufriedenes Grinsen nicht verkneifen.

„Du geile Sau!", stöhnte er mich an, während er immer schneller rieb.

„Ich habe da noch etwas für Sie, Herr Friedrich.", bemerkte ich grinsend und schon liefen mir erste Tropfen aus meiner Spalte.

Sofort kam er näher an mich heran und ließ meinen warmen Sekt auf sein hartes Rohr laufen. Der Anblick, wie ich seinen Schwanz einnässte, gefiel mir sehr. Weiterhin bückte er sich nun herunter und ließ mich seinen Mund und das Gesicht treffen. Er schloss seine Augen und teilweise schluckte er meinen feinen Sekt sogar. Dann begann er damit, sich seinen Mund zu füllen, um mich dann mit dem Urin anzuspucken. Was für eine Sauerei.

Nach einer Weile formte er seine Hände zu einem kleinen Kelch und ließ diesen volllaufen. Als das passiert war, stand er auf, stellte sich ganz nah vor mich und entleerte ihn über meinem Gesicht. Wie er eben, so öffnete auch ich meinen Mund und ließ mich einnässen. Alles lief an mir herunter und verteilte einen feinen Geruch um mich herum.

Währenddessen ich weiter pisste, rubbelte er seinen Schwanz. Ganz nah trat er hierbei an mich heran, sodass seine Eichel meine Quelle berührte.

„Ja, Herr Friedrich! Geben Sie mir Ihren Saft. Ich will alles haben!", hauchte ich ihm entgegen.

„Ja, Esther! Ich werde dir geben, was du willst! Du bekommst meinen heißen Saft!", konnte er kaum noch sagen.

„Ja, Herr Friedrich! Spritzen Sie mir alles auf meine heiße Quelle! Bitte! Ja?"

„Ich will es dir in deine versaute Maulfotze spritzen!", erwiderte er.

Noch während ich am pinkeln war, packte er mich bei den Haaren und ließ mich vor sich hinknien. Er rieb und rieb immer schneller. Dann hörte ich, dass das Auto meiner Eltern in die Garage nebenan einfuhr. Das gab ihm nun den letzten Kick und er kam. Und wie. Er keuchte laut auf, stöhnte - und der Moment, als er

seinen Saft endlich in meinem Mund entlud, fühlte sich sooo gut an. Immer wieder kamen weitere Saftstöße aus ihm heraus. Mein Mund war binnen von Sekunden völlig gefüllt. Er lief über. Ich ließ den heißen Saft dann wieder aus mir heraus, an meinem Kinn herunterlaufen und da er immer noch Spermien für mich hatte, drückte er meinen Kopf etwas zur Seite und saute auch noch meine Brüste damit ein.
Dann hörten wir, wie meine Eltern die Haustüre aufsperrten und nach mir rufend, grüßten.
Ich grüßte aber nicht zurück, sondern nahm seinen Schwanz in den Mund und saugte auch noch den letzten Tropfen aus ihm heraus. Meine Freude über dieses geile Erlebnis wuchs. Unten kniete ich in einem See aus Urin, oben saugte ich den riesigen Nachbarschwanz.
Ich blieb total entspannt und blies weiter, solange, bis sein Amigo wirklich nur noch eine schlaffe Nudel war. Dann ließ ich ihn los, stand auf, reichte ihm das Handtuch und sagte „Saubermachen!" zu ihm und er rubbelte mich von oben bis unten frei. Als er hierbei hinter mir kniete, küsste und knetete er noch einmal kurz meinen festen, süßen Arsch. Dann drehte ich mich zu ihm um und wir ließen unsere Zungen noch ein letztes Mal miteinander tanzen. Kurz darauf verließ er das Gebäude durch die Kellertür.

Zehn Minuten später mähte er erneut den Rasen, ich war wieder auf meiner Liege gelegen und seine Frau und Kinder kamen nach Hause.

VI.   Buchempfehlungen

Meine Herrn und ich – Erzählung (TB-Format)
152 Seiten
TB 9,90€
Ebook 4,99€

Meine Herrn und ich – Erzählung (Großformat)
92 Seiten
7,70€

Mein Natursekt und ich – Kurze Sexgeschichten
88 Seiten
TB 7,70€
Ebook 4,49€

Mein Natursekt und ich – Weitere kurze Sexgeschichten
82 Seiten
TB 7,20€
Ebook 4,49€

1 Mann und 2 Schwestern – 3er Sexgeschichte
(Autor: Martin Speicher)   Ca. 9 Seiten
Ebook 0,49€

Geschichten des Alltags – 8 Kurzgeschichten
(Autor: Hendrik Jakoben)   240 Seiten
TB 13,90€
Ebook 6,99€